Les Aventures de Colin-Tampon

Jules Girardin

I

M. Colin-Tampon avait cinquante ans ; il était propriétaire d'une jolie villa sur le territoire de Courbevoie, et, par-dessus le marché, conseiller municipal.

Il va sans dire que M. Colin-Tampon avait été jeune dans son temps. Si nous le prenons à l'âge de seize ans, nous remarquons qu'il s'appelait alors Colin tout court, qu'il étudiait pendant le jour les mystères de la mercerie, rue Saint-Denis, à l'enseigne du Bouton-d'Or, sous les auspices de M. Tampon, patron peu endurant ; la nuit, il dormait à poings fermés dans une soupente située au sixième étage de la maison même où habitait son patron. Comme il n'était point ambitieux, ses rêves, quand par hasard il rêvait, ne lui montraient point la jolie villa de Courbevoie ni les honneurs municipaux ; oh, mon Dieu, non ! Il rêvait qu'il y avait deux dimanches par semaine au lieu d'un, ou bien que la morue n'apparaissait qu'une fois par semaine, au lieu de cinq, sur la table du patron.

N'allez pas conclure de là que le jeune Ernest Colin fut un paresseux ou un gourmand. Son patron le faisait travailler avec une sévérité si implacable, que le soir « les jambes lui rentraient dans le corps ». Il était donc bien excusable de soupirer après le jour du repos. Quant à la morue, mon intention n'est point d'en dire du mal. C'est un mets exquis pour ceux qui l'aiment, et encore à condition qu'ils n'en abusent pas.

Ernest en abusait, et il en abusait bien malgré lui, car il avait une horreur instinctive pour ce mets, cher à M. Tampon.

Arrivé à l'âge de vingt-cinq ans, Ernest descendit de la soupente pour épouser la fille de son patron, lequel s'en alla planter ses choux à Charenton, tout en conservant un intérêt dans les affaires du Bouton-d'Or.

Un peintre en bâtiments dressa son échelle le long de la devanture et, devant le mot Tampon, peignit le mot Colin, ce qui fit Colin-Tampon. Mais comme l'image du Bouton-d'Or, qui planait au-dessus du mot Tampon, ne se trouvait plus au milieu de l'inscription, le peintre, pour rétablir la symétrie, ajouta, à droite de Tampon, et Cie, ce qui fit Colin-Tampon et Cie. Comme cette addition ne pouvait

faire de tort à personne, personne ne réclama.

Vers la quarantaine, M. Colin-Tampon eut un violent accès de goutte.

Dans ses méditations solitaires, qui toujours roulaient sur la mercerie, il lui vint une inspiration de génie, et il inventa le bouton inamovible qui fit sa fortune.

Devenu riche, il se retira à Courbevoie et fut bientôt élu conseiller municipal. Cependant la goutte le tracassait et l'embonpoint commençait à l'envahir.

Il consulta ses amis, qui lui enseignèrent des remèdes de bonnes femmes, et ne s'en trouva pas soulagé. Sur le conseil de son médecin, il prit un port d'armes, acheta un harnachement de chasseur et un chien.

Puis, un jour, il apparut en grand équipage aux yeux éblouis de sa femme et de sa servante, fier comme Artaban et beau comme Apollon Pythien.

II

D'un pas martial, il descendit les marches du perron en faisant sonner les clous de ses souliers. Déjà, à grandes enjambées, il se dirigeait vers la grille du jardin, lorsque Mme Colin-Tampon éprouva le besoin d'ajouter quelques conseils aux nombreuses recommandations qu'elle lui avait déjà prodiguées.

« Ernest ! » s'écria-t-elle.

Ernest fit volte-face, et, voyant que sa femme accourait vers lui, il voulut galamment lui épargner les deux tiers du chemin. Il ne courait pas il volait, et les trois petites plumes qui ornaient son chapeau étaient rejetées en arrière par la rapidité de sa course.

En le voyant si jeune et si leste, Mme Colin-Tampon sourit. Ernest arriva comme elle descendait la dernière marche du perron ; son mouvement fut si vif, que le tendre baiser destiné à la joue de Mme Colin-Tampon retentit sur le bout de son nez.

« Ernest, dit-elle, tu seras prudent.

— Je te l'ai promis.

— Un malheur est sitôt arrivé.

— Je ne suis plus un enfant.

— Non ; mais tu es si jeune et si pétulant pour un homme de ton âge ! »

Ce fut au tour de M. Colin-Tampon de sourire ; il cambra les reins, tendit les jarrets et se disposait à partir lorsque Mme Colin-Tampon lui dit :

« Je ne te souhaite pas bonne chance, parce que l'on dit que cela porte malheur ; mais je suis bien sûre que tu ne reviendras pas le carnier vide.

— On ne peut pas savoir, répondit le chasseur avec une feinte modestie.

— Je suis si sûre de la justesse de ton coup d'œil, que Jeannette n'achètera pas de rôti pour le dîner ; je compte sur toi. Vous entendez, Jeannette ?

— Oui, madame, j'entends », répondit Jeannette avec un sérieux parfait.

Son maître était si beau dans son costume de chasse qu'il ne pouvait manquer de faire de nombreuses victimes.

Azor, en son âme de chien, se disait : « À qui en ont-ils ? Est-ce que nous ne partirons pas aujourd'hui ? »

Un tout petit oiseau, perché sur une branche à quelques pas de là, chantait à plein gosier ; si près de Paris, les petits oiseaux eux-mêmes deviennent sceptiques et moqueurs comme des gamins de Paris. Celui-là savait que l'habit ne fait pas le chasseur, et l'apparence martiale de M. Colin-Tampon l'égayait au lieu de lui inspirer de l'effroi. Si M. Colin-Tampon eût été plus au courant des usages, des mœurs et des superstitions de l'antiquité, il aurait tiré un fâcheux présage du chant moqueur de ce petit oiseau.

Mais M. Colin-Tampon n'était point au courant des usages, des mœurs et des superstitions de l'antiquité. Il y avait à cela d'excellentes raisons M. Colin-Tampon n'avait point fait d'études classiques.

Le peu qu'il savait, il l'avait appris dans le Moniteur de la Mercerie, qui se soucie, comme d'une guigne, de l'antiquité et de ses superstitions.

III

M. Colin-Tampon, le cœur plein d'orgueil et de joie, n'eut pas plus tôt fait claquer la grille derrière lui, qu'il éprouva le besoin de sauter, de danser, ou tout au moins de crier, pour se prouver à lui-même combien il était heureux et fier de s'en aller à travers champs, loin des hommes et de la civilisation, courir les aventures sous le clair soleil et le ciel bleu.

Pendant deux cents mètres néanmoins, il dut mettre un frein aux sentiments tumultueux qui bouillonnaient dans son sein. Car, pour gagner la pleine campagne, il lui fallait suivre entre deux murs une ruelle qui rappelait la civilisation par ses côtés les moins flatteurs. Les murs étaient tapissés d'affiches de théâtre et d'annonces de marchands ; çà et là, parmi des tessons de bouteilles cassées, se dressaient des herbes malades et malsaines, s'épanouissaient des touffes d'orties menaçantes ; de vieux souliers se décomposaient lentement, couverts d'une mousse verdâtre. Azor filait devant, impatient de quitter ces lieux peu champêtres. Son maître le suivait d'un pas accéléré, attendant la fin de la ruelle pour donner un libre cours à son enthousiasme. En attendant, il frappait le sol en cadence, serrait son fusil contre sa poitrine et se disait que l'homme, l'homme armé du fusil, était bien réellement le roi de la création. Il se sentait de taille à affronter les animaux les plus terribles et à leur faire mordre la poussière.

Au bout de la ruelle commençait un sentier qui serpentait à travers champs.

À gauche, un champ de betteraves s'étalait dans toute sa platitude et sa monotonie ; à droite s'élevait un maigre bosquet d'acacias rachitiques. M. Colin-Tampon dirigea ses pas vers le bosquet.

« Salut à la nature ! » s'écria l'inventeur du bouton inamovible ; et, pour saluer la nature, il ôta son chapeau. Les papillons et les libellules voltigeaient autour de lui, contemplant d'un œil surpris ce mortel étrange dont les rares cheveux se dressaient d'enthousiasme. Deux petits oiseaux se communiquaient leurs remarques ; une chenille velue s'était laissée choir sur son bras, fascinée par l'éclat de ses lunettes. Un limaçon philosophe se demandait pourquoi les hommes adressaient de si pompeux saluts à la nature, car il avait déjà entendu un épicier pousser la même exclamation ; et par parenthèse, cela n'avait rien de bien étonnant, puisque l'épicier et le conseiller municipal avaient emprunté cette phrase toute faite au feuilleton du même journal, auquel ils étaient abonnés tous les deux.

Au bruit des souliers ferrés, les grenouilles rentraient dans leurs marécages. Azor, affolé, prenait des poses de lévrier héraldique, tandis que dans le lointain deux lapins, rassurés par la tournure de notre héros, continuaient, sans se déranger, une conversation commencée.

IV

Tout à coup M. Colin-Tampon replace brusquement son chapeau sur son crâne pelé en s'écriant : « Pas possible ! »

D'abord il se lève sur la pointe des pieds, puis il se baisse, ensuite il penche la tête à droite, et enfin il la penche à gauche. Son œil étincelle derrière ses lunettes, et pour la seconde fois il s'écrie :

« Pas possible ! »

Son cœur bat, sa main tremble, et, craignant d'être la dupe d'une illusion d'optique, il tire de sa poche son foulard à carreaux, essuie longuement ses lunettes, les remet sur son nez, regarde de nouveau et s'écrie :

« C'en est un ! Azor, mon bon chien, c'en est un !-Un quoi ! » semble dire Azor, qui a levé sur son maître ses deux grands yeux intelligents.

M. Colin-Tampon comprend cette muette interrogation et répond : « Un lièvre. »

Au seul mot de lièvre, Azor agite sa queue et bondit sur place. M. Colin-Tampon est surpris et un peu indigné que l'instinct d'Azor ne lui dise pas où gît le lièvre.

M. Colin-Tampon a bien le droit de s'indigner. Azor lui a coûté très cher, et le marchand de chiens de la rue d'Amsterdam le lui a garanti pour un chien do chasse, foi d'honnête homme. Il a nommé le père et la mère d'Azor, et même son grand-père et sa grand-mère. Aussi M. Colin-Tampon a donné 800 francs pour entrer en possession d'Azor.

Le lièvre gît là-bas, au bout de cette luzerne, au pied de cet arbre isolé, ou plutôt il n'y gît pas, mais il danse. Et même c'est la plus singulière danse que jamais ait dansée un lièvre de mars au plus fort de sa folie. Il bondit sur place, il se relève, bondit encore, semblable à ces marionnettes qui se trémoussent au bout d'un fil.

Un chasseur exercé se fût défié de ces allures ; mais l'inventeur du bouton inamovible n'était pas un chasseur exercé. C'était un de ces Parisiens de la rue Saint-Denis qui n'ont jamais vu de lièvres que ceux qui sont pendus, la tête en bas, à l'étalage des marchands de gibier, ou bien encore les lièvres savants qui tirent le pistolet et battent du tambour à la foire aux pains d'épice.

M. Colin-Tampon porte lentement la crosse de son fusil à son épaule et vise sans se presser. Au moment de tirer, il regarde Azor. Azor se dit :

« Sur quoi, diable ! va-t-il tirer ? » Et le maître d'Azor, interprétant à sa façon le langage muet de son chien, se dit : « Azor semble croire que nous ne sommes pas à bonne portée. »

À pas de loup, il quitte le bosquet, surveillant du coin de l'œil son lièvre, qui danse toujours comme un possédé. En chasseur prudent, l'inventeur du bouton inamovible se faufile d'abri en abri. À mesure qu'il approche, le lièvre saute plus haut, comme pour le narguer. Tout à coup le chasseur s'arrête, épaule, vise et fait feu.

V

Comme tous les tireurs novices, M. Colin-Tampon a fermé les yeux en pressant la détente ; mais il les rouvre aussitôt et regarde de toutes ses lunettes.

Le lièvre ne bondit plus ; il est mort ou mortellement blessé. Le cœur de M. Colin-Tampon est inondé d'une joie immense. « Touché, s'écrie-t-il, et dire que c'est mon premier coup de fusil ! »

Pour célébrer son triomphe, il donne une longue accolade à la bouteille clissée que sa prudente ménagère a remplie d'un punch généreux. Ensuite il brandit son arme et exécute sur place une danse de son invention.

Azor cherche à deviner pourquoi son maître danse la pyrrhique en plein champ ; il ne le devine pas, mais, comme un fidèle serviteur qu'il est, il se conforme à la pensée secrète de celui qui le loge et le nourrit.

Il danse la pyrrhique à sa manière, en aboyant du haut de sa tête et en décrivant de grands cercles autour du vainqueur.

« Là-bas ! mon bon chien, lui dit son maître en désignant du doigt l'arbre au pied duquel le lièvre a été foudroyé ; là-bas ! apporte, apporte. »

Plus léger qu'un chevreuil, Azor bondit et arrive en trois sauts au pied de l'arbre, il flaire le lièvre à plusieurs reprises, mais au lieu de le rapporter à son bon maître, il revient, la tête basse, la queue entre les jambes.

« Qu'est-ce à dire ? s'écrie M. Colin-Tampon d'un ton irrité, le marchand de chiens se serait-il moqué de moi ? »

Azor proteste par une série de petits cris inarticulés.

« Ce n'est pas toi que j'accuse », lui dit M. Colin-Tampon. Azor continue à crier.

« Mais, reprend M. Colin-Tampon, puisque je te dis que ce n'est pas à toi que je m'en prends. Tu ne m'as pas trompé, toi, mon pauvre ami ; tu ne t'es pas vanté de savoir ce que tu ne savais pas. Oh ! ces marchands de chiens ! »

Tout en parlant ainsi, il arpente la luzerne, dont il froisse sans pitié les tiges délicates sous la dure semelle de ses souliers ferrés.

Déjà il entrevoit le poil roux de son lièvre, qui gît immobile au pied de l'arbre. Sûr désormais d'avoir bien visé, il s'arrête pour s'éponger le front, et, tout en s'épongeant le front, il se dit en lui-même :

« J'aime bien l'ami Sauvageot, qui prétendait que pour devenir un vrai chasseur il faut un long apprentissage ! Il m'avait presque inspiré des doutes, ce Sauvageot, et j'avais éprouvé comme un mouvement d'effroi, quand ma chère femme m'avait dit qu'elle comptait sur mon adresse pour le rôti. Nous l'avons maintenant, le rôti. Puisqu'Azor ne sait pas rapporter, je le ramasserai moi-même. »

Il avance de quelques pas ; le lièvre lui semble gonflé comme un lièvre hydropique, mais qu'importe ? c'est probablement l'effet du coup de feu.

Tout à coup il recule en poussant un cri de terreur : le lièvre hydropique s'est enlevé comme un ballon et a disparu dans les branches de l'arbre.

VI

M. Colin-Tampon eut bientôt l'explication de cet étrange phénomène.

Après s'être élevé d'un bond jusqu'aux premières branches de l'arbre, le lièvre retomba sur le sol avec un son mat.

Alors seulement M. Colin-Tampon reconnut que son lièvre était une vieille peau de lièvre, bourrée de foin. Elle était attachée à une ficelle qui passait par-dessus l'une des branches. À l'autre bout, il y avait, ou plutôt il y avait eu un gamin facétieux qui faisait danser la peau de lièvre pour tenter la convoitise des chasseurs inexpérimentés.

Au moment même où la vieille peau de lièvre retombait sur le sol, M. Colin-Tampon entendit un rire moqueur, suivi d'un bruit de sabots qui s'enfuyaient.

Il aperçut un gamin qui disparaissait derrière une clôture, il vit la ficelle et comprit tout.

« Attends-moi, polisson », s'écria alors le chasseur, dont la poitrine était gonflée d'une légitime indignation.

« Attends-moi un peu, que je te dise deux mots à l'oreille ! » répéta-t-il d'une voix forte ; mais le gamin, qui sans doute n'était pas curieux de savoir ce que M. Colin-Tampon pouvait avoir à lui dire, n'attendit ni un peu ni beaucoup, et continua à arpenter la plaine.

M. Colin-Tampon frissonna d'horreur à l'idée qu'il aurait pu blesser de quelques grains de plomb l'auteur de cette indigne comédie.

Et alors, malgré son innocence, on l'aurait traîné, lui, conseiller municipal, devant les tribunaux, et on l'aurait accusé de ne pas savoir se servir d'un fusil.

Payer l'amende n'eût rien été, mais de quel front aurait-il abordé désormais l'ami Sauvageot, après avoir donné raison à tous ses pronostics ?

Ayant fait un ferme propos de se défier à l'avenir des lièvres empaillés, M. Colin-Tampon, avant de reprendre le cours de ses exploits, donna une seconde accolade à la bouteille clissée.

« Après tout, se dit-il en s'essuyant les lèvres, ce n'est pas ma faute si les apparences m'ont déçu, j'ai tiré avec autant de courage que s'il se fût agi d'un vrai lièvre ! »

Il siffla Azor, et s'enfonça dans la solitude.

Au bout de deux cents pas, il s'arrêta court, essuya les verres de ses lunettes, et regarda devant lui, le cœur tremblant d'émotion.

Oui ! ce qu'il voyait était bien un oiseau, et même un gros oiseau de l'espèce la plus bizarre. On eût juré qu'il était coiffé d'un chapeau à larges bords ! M. Colin-Tampon se souvint fort à propos qu'il existe un oiseau qui se nomme le casoar à casque ; celui-ci était peut-être le merle à chapeau Pourquoi pas ? Il s'approche avec mille précautions, s'assure en faisant le tour de l'arbre, à bonne distance, qu'il n'y a point de gamin caché derrière, épaule, vise, ferme les yeux et fait feu.

VII

L'inventeur du bouton inamovible rouvre les yeux et regarde de toutes ses lunettes. Ses yeux deviennent tout ronds, comme les yeux d'un homme surpris, et ses lunettes tremblent d'émotion sur son nez.

Au fait, je suis peut-être bien hardi d'oser écrire que les lunettes de M. Colin-Tampon tremblèrent d'émotion. La poésie seule a le droit de prêter la vie et le sentiment aux objets inanimés. Je me reprends donc et je dis : « Le nez de M. Colin-Tampon trembla d'émotion, et les lunettes qui le chevauchaient suivirent le mouvement de leur monture. » Me voilà en règle, et je continue.

Le plomb a fait balle, le chapeau aux larges bords tournoie dans l'espace ; le merle décapité reste perché sur sa branche, comme s'il avait encore son chapeau sur la tête et sa tête sur ses épaules.

Peut-être une violente contraction nerveuse rive-t-elle les pattes de l'infortuné à la branche de l'arbre ?

Quand la contraction nerveuse cessera, le gibier ne peut manquer de tomber. C'est l'avis d'Azor, qui a franchi d'un bond la clôture du champ, et qui attend, le nez en l'air, la chute du merle à chapeau.

Emporté par son ardeur cynégétique, et aussi par sa curiosité, M. Colin-Tampon franchit la clôture à son tour et se précipite du côté de l'arbre.

À mesure qu'il s'en approche, ses traits expriment toutes les nuances du désappointement.

Vu de près, le merle n'est pas un merle, c'est un amas informe de chiffons et de brins de paille grossièrement enroulés autour d'un bâton transversal. En un mot, le merle à chapeau n'est autre chose qu'un épouvantail destiné à effrayer les moineaux et à les écarter du cerisier à l'époque où les cerises rougissent.

M. Colin-Tampon regarde longuement Azor, et Azor regarde longuement M. Colin-Tampon. Les yeux d'Azor sont souriants, comme si Azor se rendait compte de la mystification et en prenait son parti. Les yeux de M. Colin-Tampon ne sourient pas, ils expriment une violente indignation.

Ne sachant quel parti prendre, il approche de ses lèvres la bouteille clissée.

Alors la faculté de réfléchir lui revient. Lui, conseiller municipal, il est sur le champ d'autrui, après en avoir franchi la clôture, comme un gamin qui va voler des pommes ; lui, conseiller municipal, il a détérioré la chose d'autrui, le bien d'autrui. Privé de son chapeau, qui était son plus bel ornement, l'épouvantail ne peut plus épouvanter personne.

Sentant toute l'étendue de sa faute, le coupable jette un regard furtif autour de lui, s'attendant à voir apparaître le propriétaire du cerisier ou le garde champêtre. Il siffle Azor, enjambe la clôture et se précipite à travers champs, pressé de s'éloigner du théâtre de son forfait. Tout en arpentant les guérets à grandes enjambées, il fait des vœux pour que le premier gibier qu'il rencontrera soit un vrai gibier, bien vivant et non pas empaillé.

VIII

À peine, dans l'innocence de son âme, l'inventeur du bouton inamovible a-t-il formé ce vœu téméraire, que ses souhaits sont accomplis.

Les anciens l'ont dit avec juste raison, les dieux ne sont jamais plus cruels envers nous, pauvres mortels ignorants et aveugles, que quand ils accomplissent nos vœux à la lettre !

Il aperçoit à cinquante pas de lui un ours énorme qui, le nez au vent, semble guetter une proie. Ah ! malheureux Colin-Tampon ! Tu te repens maintenant de ton imprudence, et tu donnerais tout ce que tu possèdes au monde pour que cet ours fût une vieille peau d'ours, rembourrée de foin, de paille ou de n'importe quoi !

Oh ! oui, tu donnerais tout ce que tu possèdes en or, en argent, en valeurs ; tu donnerais la gloire d'avoir inventé le bouton inamovible ; tu donnerais même ton titre glorieux de conseiller municipal. Mais l'aveugle destin ne te laisse pas le choix.

Dans cette peau d'ours il y a un ours bien vivant, un ours qui trottine, un ours qui remue la tête ; juste ciel ! un ours qui regarde de son côté.

« L'homme armé d'un fusil est le roi de la création ! » C'était bon à dire quand il n'y avait point d'ours à l'horizon. Pour le moment, le roi de la création tremble comme la feuille, ses yeux demeurent fixes et immobiles comme ceux d'une statue, ses cheveux se hérissent sous le dôme de son chapeau, une sueur froide inonde son gilet de flanelle, et, comme pour se conformer à sa triste pensée, les trois petites plumes qui ornent son chapeau se mettent à pendre dans l'attitude du découragement.

Le roi de la création a la bouche amère et la gorge sèche, mais il n'ose pas porter à ses lèvres la bouteille clissée. L'ennemi qui l'observe pourrait s'offenser du moindre geste et s'imaginer que le roi de la création le brave et le provoque.

Le roi de la création n'a que deux partis à prendre : marcher droit à l'ennemi et le foudroyer, ou bien battre prudemment en retraite.

Marcher à l'ennemi, il n'y faut pas songer ; depuis quand foudroie-t-on les ours avec le menu plomb destiné aux lièvres et aux perdrix ? Faire feu sur lui ! Dieu nous en préserve, ce serait exciter sa colère sans paralyser ses mouvements.

Volontiers le roi de la création eût battu en retraite. Mais, pour battre en retraite, il faut pouvoir mettre un pied devant l'autre, et la terreur paralyse tous ses membres.

Si Azor comprenait mieux son devoir, si Azor avait conservé un souvenir reconnaissant de toutes les bontés que le roi de la création a eues pour lui, Azor pousserait droit à l'ennemi, et, pendant qu'il attirerait son attention, le roi de la création pourrait prendre le large. Mais Azor demeure en arrêt, regardant avec un mélange de curiosité et d'appréhension cette grosse bête dont il ignore le nom. Il arrête, c'est tout ce qu'on peut demander au chien d'arrêt le mieux dressé ; que le roi de la création fasse feu ; on verra après !

IX

L'inventeur du bouton inamovible serait peut-être resté dans la même pose jusqu'au jugement dernier, si l'ennemi n'eût « dessiné, comme on dit, un mouvement offensif ».

L'instinct de la conservation, si puissant chez tous les êtres vivants, chez le roi de la création comme chez tous les autres, fit que l'inventeur du bouton inamovible dessina un mouvement de retraite à reculons.

L'ours, ayant fait dix pas en avant, s'arrêta ; le roi de la création s'arrêta aussi, après avoir fait dix pas en arrière.

L'ours se remit en marche, le roi de la création s'éloigna, toujours à reculons, et s'arrêta quand l'ennemi s'arrêta. En termes militaires, cela s'appelle, je crois, « se retirer en bon ordre ».

Mais n'abusons pas des termes. Si le roi de la création faisait face à l'ennemi, c'est qu'il avait une peur Horrible que l'ennemi ne lui sautât sur le dos dans le cas où il le perdrait de vue un seul instant ; s'il reculait à pas comptés au lieu de fuir à toutes jambes, c'est qu'il craignait qu'un mouvement trop brusque ne fût considéré par l'ennemi comme une invitation à le poursuivre. M. Colin-Tampon avait entendu dire par sa nourrice que les loups ne se jettent sur les voyageurs que quand les voyageurs font mine de se sauver. Il pensait que ce qui était vrai pour les loups était peut-être vrai pour les ours aussi, et il agissait en conséquence.

Un spectateur plus désintéressé dans la question et plus maître de lui-même que ne l'était M. Colin-Tampon, aurait peut-être remarqué que les regards de l'ours étaient fixés sur un objet placé derrière M.

Colin-Tampon, et non pas sur le conseiller municipal lui-même.

Ses haltes successives témoignaient, en réalité, que son âme d'ours était en proie à l'hésitation.

Il souriait par moments, en voyant que le chasseur et le chien, au lieu de lui barrer le passage et de l'empêcher d'atteindre l'objet de sa convoitise, reculaient peu à peu et semblaient ainsi l'inviter à s'approcher sans faire tant de cérémonies.

M. Colin-Tampon, lui, se figurait que Martin avait soif de sang humain, tandis que Martin guignait tout le temps les pommes vermeilles d'un pommier vers lequel M. Colin-Tampon battait en retraite sans le voir, puisqu'il lui tournait le dos.

Quand le chasseur et le chien furent au pied de l'arbre, Martin s'arrêta, se mit sur son séant, passa à plusieurs reprises sa patte gauche sur son estomac, renifla avec violence et ouvrit une gueule démesurée d'où sortit un rugissement de joie.

Quels crochets ! messeigneurs, quels crochets !

M. Colin-Tampon pensa que sa dernière heure était venue ; ses forces l'abandonnèrent subitement et il tomba en arrière ; il avait lâché son arme inutile, et il avait fait voler ses lunettes dans l'espace, par la violence du coup qu'il avait appliqué sur son chapeau, près de choir.

Azor, affolé, tomba à la renverse comme son maître.

X

De sa vie ni de ses jours, Martin n'avait vu un conseiller faire la cabriole et montrer au ciel les semelles de ses bottes. Il faut croire qu'il avait le sens du comique, car il se mit à rire ou du moins il fit une grimace qui ressemblait à un sourire. Ses lèvres s'étaient retroussées, il montrait toutes ses dents, et il clignait ses yeux clairs d'un air de connaisseur.

Un seul point le tenait embarrassé : que signifiait, dans la pantomime des hommes, cette remarquable culbute ? Était-ce une manière à eux de dire aux ours qu'ils étaient les bienvenus à croquer les pommes vermeilles ? Était-ce au contraire une défense formelle de faire un pas de plus vers l'arbre qui portait de pareils trésors ? Martin se gratta le mollet gauche et resta, jusqu'à plus ample information, dans la position qu'il occupait. Le poil de son front descendit sur ses yeux clignotants : signe de perplexité, et sa langue pendit d'un demi-pied : signe de convoitise.

L'inventeur du bouton inamovible était demeuré quelques instants tout étourdi de sa chute. Ses idées flottaient vaguement sous la voûte de son crâne, et, comme il l'a dit depuis, « il ne savait plus où il en était ».

Le pauvre Azor, le voyant inanimé, oublia la présence de l'ours et vint caresser doucement son maître.

Sentant un museau froid qui frôlait sa joue et les poils d'une bête velue qui lui caressaient l'oreille, l'inventeur du bouton inamovible poussa un cri terrible et, d'un seul bond, se trouva sur ses deux jambes.

L'ours, épouvanté, demeura tout interdit, et même il poussa un grognement de terreur, que M. Colin-Tampon prit pour un cri de rage.

Avec une agilité surprenante, le chasseur grimpa dans le pommier. Azor, qui ne savait pas grimper dans les pommiers, chercha son salut dans la fuite et se mit à arpenter les guérets, aussi ahuri et aussi rapide dans sa course que si on lui avait attaché une casserole à la queue.

L'ours le regarda fuir avec dédain et se dirigea du côté du pommier.

Quelques pommes pourries étaient tombées dans l'herbe ; il ne fit point le dégoûté, et les dévora pour se mettre en appétit. Quand il ne resta plus une seule pomme à terre, il s'assit tranquillement, et, levant la tête vers l'inventeur du bouton inamovible, ouvrit la gueule toute grande. L'inventeur du bouton inamovible comprit cette muette requête, et, sans se demander à qui appartenait le pommier, il fit pleuvoir les pommes dans la gueule de Martin.

Les pommes pleuvaient donc, dru comme grêle, et Martin les engloutissait avec une facilité qui donnait la chair de poule au conseiller municipal.

Alors il se dit : « Quand il les aura toutes mangée » (car, au train dont il y va, elles y passeront toutes), faudra-t-il donc que je suive le même chemin ? » Cette effroyable pensée lui faisait courir des frissons dans le dos, et ses cheveux se dressaient d'horreur.

XI

Prodigue des pommes du prochain, l'inventeur du bouton inamovible les lançait à toute volée dans la gueule béante de Martin : l'une n'attendait pas l'autre. Mais comme la main lui tremblait, et qu'il était dans une violente agitation nerveuse, le fournisseur de Martin manquait souvent le but, et Martin recevait les pommes tantôt sur l'œil, tantôt sur le nez. Au commencement, il se contentait de cligner l'œil ou de froncer le nez ; mais, quand sa première faim fut assouvie, il se montra plus difficile, et le jeu lui déplut.

Trouvant qu'on le servait mal, il prit la résolution de se servir lui-même. Ce n'était pas déjà si mal raisonné pour un épais plantigrade.

D'ailleurs il pensait, comme les écoliers, que les fruits sont bien plus savoureux quand on les croque sur l'arbre. « Allons, houp ! » se dit-il pour s'encourager à se lever. Là-dessus il se mit d'abord à quatre pattes, renifla pour chasser une mouche importune, et se décida à se dresser sur ses pattes de derrière. Azor, qui le regardait de loin, la queue entre les jambes, trembla de tout son corps quand il vit Martin se redresser lourdement et se diriger vers le tronc du pommier.

Il s'assit tristement et regarda la terre, honteux sans doute de sentir si développé en lui l'instinct de la conservation.

L'inventeur du bouton inamovible, qui le regardait de près, de trop près, hélas ! sentit que ses rares cheveux se dressaient sur son crâne pelé, et il comprit que sa fin était proche.

Alors il maudit pour la seconde fois l'audace téméraire qui l'avait lancé dans le vaste monde à la poursuite du gibier à plume et du gibier à poil.

Que n'aurait-il pas donné pour être tranquillement assis sous sa tonnelle ou au coin de son feu, les pieds dans ses pantoufles, lisant le Moniteur de Courbevoie ou le Petit Journal, ou bien faisant une partie de loto ou de bésigue avec ses voisins de campagne ? Il se fût contenté à moins ; il aurait consenti, à condition d'avoir la vie sauve, à retourner au Bouton-d'Or et à servir la pratique. Il se fût même trouvé trop heureux de redevenir le simple apprenti qui couchait dans un galetas et mangeait de la morue cinq fois par semaine.

Car, après tout, mieux vaut être un pauvre apprenti bien vivant et bien portant, qu'un riche conseiller municipal mort et enterré. Que dis-je, enterré ? Englouti serait le mot propre, et englouti à la suite de huit ou dix quarterons de pommes ! Quelle sépulture pour un inventeur célèbre, pour un conseiller municipal, pour un homme riche qui s'était fait construire un tombeau de famille ! Il recommanda son âme à Dieu ; ensuite, les larmes aux yeux, il donna une dernière pensée à sa chère Anastasie, qui mourrait de chagrin en apprenant son funeste destin. S'il ne pensa pas à ses enfants, c'est tout simplement parce qu'il n'avait pas d'enfants.

XII

Déjà les griffes de l'ours grinçaient sur l'écorce de l'arbre, et sa puissante haleine chauffait les mollets du chasseur en détresse.

Poussé par l'instinct de la conservation, l'inventeur du bouton inamovible exécuta une laborieuse série d'exercices gymnastiques, dont le résultat fut un changement de front. Désormais il faisait face à l'ennemi, et il tournait le dos à l'extrémité de la branche.

L'ours saisit le tronc du pommier entre ses bras puissants et se mit à grimper prestement. À mesure qu'il grimpait, le chasseur reculait vers l'extrémité de la branche.

L'ours, qui n'était pas une bête, comprit que son nouvel ami faisait fausse route, et que, s'il persévérait dans cette mauvaise voie, la branche casserait et l'ami se romprait les os. En vain il lui prodiguait les signes, les clins d'œil ; l'autre, qui se méprenait sur ses intentions, battait toujours en retraite. Ce qui devait arriver arriva.

La branche cassa, et pour la seconde fois l'échine de M. Colin-Tampon entra en collision violente avec le sol durci et raboteux. Tout à coup un nouvel acteur parut sur la scène. L'ours sembla désagréablement surpris ; M. Colin-Tampon comprit qu'il était sauvé.

Le nouveau venu était un grand drôle effronté, vêtu d'un costume exotique en lambeaux, porteur d'une moustache de Palicare et d'une longue chevelure emmêlée qui bouffait à tous les vents, sous une méchante calotte rouge.

Le grand drôle déguenillé était un montreur d'ours qui courait depuis deux heures après sa bête. Elle s'était échappée pendant qu'il buvait de l'eau-de-vie dans un cabaret.

Le devoir du conseiller municipal eût été de demander au grand drôle si ses papiers étaient en règle. Vous me croirez si vous voulez, mais il n'y songea même pas.

« Martin, pas méchant ! dit le grand drôle d'un air conciliant.

— C'est possible, répondit le chasseur en se frottant les reins ; dans tous les cas, il est singulièrement indiscret.

— Vous, mal aux reins ! reprit le grand drôle d'un air d'intérêt.

— N'en parlons plus », dit M. Colin-Tampon, qui était trop heureux d'avoir la vie sauve pour montrer le moindre ressentiment. Et comme il faisait mine de s'éloigner :

« Lui faire excuses au monsieur, reprit le grand drôle ; lui faire le beau ; lui danser pour le monsieur. »

Martin écoutait avec intérêt, laissant pendre une de ses pattes, sa chaînette et sa tête débonnaire. Il remuait les oreilles, il faisait les yeux doux à M. Colin-Tampon, il émettait de petits reniflements persuasifs, comme pour donner à entendre qu'il était tout prêt à danser et à présenter ses excuses au monsieur qui avait mal dans le dos.

« Lui faire le beau, répéta le grand drôle ; lui danser pour le monsieur.

— Je n'ai pas besoin d'excuses, dit le conseiller municipal ; seulement ne le laissez plus échapper. » Et il s'éloigna à grands pas.

XIII

Tous les dix pas, l'inventeur du bouton inamovible tournait furtivement la tête pour voir si Martin ne se serait pas remis à ses trousses. Vous savez, un ours qui s'est échappé une première fois peut fort bien s'échapper une seconde : cela s'est vu.

Pendant que M. Colin-Tampon détalait, le grand drôle et son ours parlementaient : « Joli Martin descendre tout vite ! » dit le grand drôle d'un ton doucereux.

— Humph ! » répondit joli Martin sans se déranger. Traduisez : « Il faudra voir ! »

« Tout vite ! tout vite ! répéta le grand drôle, qui commençait à perdre patience.

— Humph ! » répéta Martin sur un ton différent. Puis, allongeant le cou, il sourit d'un sourire narquois. Traduisez : « Est-ce que je te dérange, moi, quand tu entres dans les cabarets pour boire de l'eau-de-vie ? »

Le grand drôle saisit à deux mains son bâton par un bout, et, avec l'autre bout, caressa rudement l'épine dorsale de Martin, depuis les vertèbres cervicales jusqu'aux vertèbres caudales. Et M. Colin-Tampon détalait toujours. Lorsqu'Azor, après avoir fait un long circuit, rejoignit son maître en bondissant de joie, son maître lui fit froide mine. « Capon ! » lui dit-il avec un sourire amer. Puis réfléchissant que, si Azor s'était montré capon, le maître d'Azor n'avait pas été d'une vaillance héroïque, il se radoucit et caressa son chien fidèle.

Martin cependant, que la rude caresse de grand drôle avait froissé dans sa dignité et dans sa chair, laissa échapper un véritable rugissement d'ours mécontent et indigné.

« L'animal ! » s'écria M. Colin-Tampon en tournant la tête pour regarder derrière lui. Notez bien qu'en disant l'animal, c'est de l'homme qu'il parlait, et non pas de la bête.

« L'animal ! reprit-il d'une voix tremblante d'effroi et d'indignation, il va mettre cet ours en fureur ; et alors, il n'en sera plus le maître, et alors… Viens vite, Azor, sauvons-nous, mon ami, pendant qu'il en est temps encore. »

Et M. Colin-Tampon, homme obèse, homme riche et considéré, conseiller municipal, inventeur du bouton inamovible, détala comme détale un polisson quand le garde champêtre l'a surpris dans le champ d'autrui, sur le pommier d'autrui, en train de voler les pommes d'autrui.

M. Colin-Tampon détalait avec une impétuosité si aveugle, qu'au détour d'une haie il tomba presque dans les bras du facteur rural, qui faisait sa tournée. Le facteur rural s'excusa poliment d'avoir été presque renversé par M. Colin-Tampon, et M. Colin-Tampon, rassuré à l'idée qu'il y avait un facteur rural entre l'ours et lui, modéra son allure.

XIV

M. Colin-tampon eut un remords d'honnête homme. Au lieu de laisser le facteur rural courir au danger, peut-être à la mort, il aurait dû l'avertir !

Poussé par les reproches de sa conscience, il revint sur ses pas jusqu'au tournant du chemin. Là, abrité derrière une clôture en planches, il promena ses regards sur toute l'étendue de la plaine.

Le facteur rural avait disparu dans un chemin creux qui l'éloignait de l'ours. La conscience de M. Colin-Tampon cessa de lui faire des reproches, et M. Colin-Tampon poussa un soupir de soulagement. D'autre part, le grand drôle et son ours avaient fait la paix, et s'en allaient tranquillement, l'un suivant l'autre, par une avenue qui les éloignait tous les deux de M. Colin-Tampon et d'Azor. M. Colin-Tampon poussa un second soupir de soulagement, plus profond que le premier.

« Azor, mon camarade, dit-il, nous pouvons nous vanter de l'avoir échappé belle ! »

Azor eut l'effronterie de se précipiter en aboyant, dans la direction par où l'ours opérait sa retraite.

« Pas de fanfaronnades ! lui dit son maître, nous savons ce que nous savons ; soyons modestes. »

Ayant alors débouché sa bouteille clissée, il la porta à ses lèvres et lui donna une longue, longue accolade.

De blême qu'il avait été jusque-là, il redevint frais, rose et souriant.

Quand il se retourna, il aperçut, avec un sentiment de vive

allégresse, deux gendarmes qui venaient vers lui. Il était bien décidément sauvé !

Les gendarmes, voyant un homme bien vêtu et d'apparence honnête, auraient passé leur chemin sans lui rien dire, si l'inventeur du bouton inamovible ne se fut empressé de leur souhaiter le bonjour et de leur déclarer que le temps était beau pour la saison.

Cet empressement parut suspect aux deux « magistrats armés ».

Le brigadier lui demanda s'il avait fait bonne chasse. Au souvenir de ses mésaventures, le chasseur rougit et balbutia.

« Vous avez sans doute un port d'armes ? » reprit le brigadier.

M. Colin-Tampon porte vivement la main à sa poche de côté. Il se souvint tout à coup qu'il avait oublié son port d'armes dans la poche de sa redingote.

Le brigadier dressa procès-verbal. Le conseiller municipal songea avec horreur qu'il lui faudrait comparaître en justice, et soudain une goutte de sueur froide perla à l'extrémité de chacun de ses cheveux.

Azor, croyant que les gendarmes lui reprochaient sa lâcheté, baissait tristement le nez et serrait sa queue entre ses jambes.

XV

Au numéro 3 de la rue Gantelet, entre un marchand de vin et un épicier, il y a une boutique de marchand de gibier, bien connue des chasseurs malheureux. Quand ces messieurs ont été maladroits, ou que réellement ils n'ont pas vu la queue d'une perdrix ou d'un lièvre, c'est là qu'ils viennent arrondir leur carnassière pour échapper aux quolibets et aux compliments ironiques des gamins ; car les gamins sont partout les mêmes, à Courbevoie comme ailleurs.

Mme Grosmajor, la maîtresse de l'établissement, était toujours bien assortie en gibier ; car elle avait une clientèle assurée : chacun sait que la maladresse du chasseur de la banlieue est passée en proverbe.

De plus, Mme Grosmajor était la discrétion même : ce qui n'est pas très surprenant, vu que son intérêt bien entendu exigeait qu'elle fût discrète.

Elle avait un talent particulier pour mettre à leur aise les chasseurs novices qui entraient pour la première fois dans son établissement ; d'un geste bienveillant et d'un sourire maternel, elle leur épargnait la honte de mentir ou l'embarras de donner des explications.

C'est vers sa demeure hospitalière que l'inventeur du bouton inamovible dirigea ses pas. Il n'avait nulle intention d'attraper les flâneurs ou d'en faire accroire à sa femme. Dieu merci ! il était la franchise en personne, et d'ailleurs il avait couru d'assez grosses aventures pour pouvoir rentrer, sans rougir, le carnier vide.

Seulement, sa femme avait compté sur lui pour le rôti, et il rapporterait un rôti.

« Salut, madame, dit-il à Mme Grosmajor.

— Bien le bonjour, monsieur, lui répondit Mme Grosmajor avec un sourire avenant.

— Mon Dieu ! madame, reprit l'inventeur du bouton inamovible, je vous avoue franchement que je viens ici pour remplir mon carnier.

— Le gibier est rare, répondit Mme Grosmajor avec un sourire discret ; les braconniers tuent tout. Il n'est pas surprenant…

— Mon Dieu, madame, reprit M. le conseiller municipal en s'avançant de trois pas et en posant familièrement son coude sur le comptoir, le fait est que je n'ai rien vu ; et à parler franchement, quand même j'aurais vu quelque chose, je ne suis pas bien sûr que je ne serais pas revenu bredouille quand même. J'aurais besoin d'un lièvre.

— Étienne ! dit Mme Grosmajor à son garçon, un beau lièvre pour Monsieur. »

Étienne décrocha un beau lièvre, le montra à Monsieur, qui le trouva à son goût. Pendant que Monsieur échangeait quelques propos affables avec la patronne, Étienne, qui était d'humeur facétieuse, glissa dans le carnier du chasseur un énorme homard tout cuit en place du lièvre.

Monsieur, d'ailleurs, n'était pas volé, car le homard et le lièvre étaient tout juste du même prix.

XVI

L'inventeur du bouton inamovible, dans l'innocence de son âme, regagnait d'un pas un peu alourdi sa jolie villa, heureux d'avoir échappé à une mort affreuse et fier d'avoir à raconter une véritable aventure.

Il finit par s'apercevoir que les gens s'arrêtaient sur son passage et le regardaient d'un air surpris. Cet homme modeste fût quelque peu troublé de produire tant d'effet.

« Fameux gibier ! dit un fantassin à un de ses frères d'armes, qui regardait le homard, les yeux dilatés, et les doigts empêtrés dans ses gants blancs, qui le gênaient aux jointures.

— La bête n'est pas laide ! » répondit modestement l'inventeur du bouton inamovible.

Un cuirassier de la garnison de Versailles, qui était venu voir ses parents à Courbevoie, en compagnie de quelques autres cuirassiers, cria :

« À droite, alignement ! »

Tous les cuirassiers se mirent en ligne, et portèrent vivement la main à la visière de leur casque.

« Pourquoi me saluent-ils comme ça ? » se demanda M. Colin-Tampon. Il ne pouvait pas se douter que c'était à cause du homard.

Quelques canotiers d'Asnières, égarés dans les parages de Courbevoie, se mirent en haie pour voir défiler le chien, le chasseur et le homard.

« Eh bien, n'importe, dit un de ces messieurs à ses compagnons de plaisir, on ne dira pas que ce bourgeois-là cherche à attraper son monde !

— Oh non, oh non ! » répondit le chœur des acolytes, qui avaient surabondamment déjeuné.

Ces messieurs se prirent par la main et exécutèrent une ronde autour de M. Colin-Tampon.

M. Colin-Tampon sourit, car il se souvenait d'avoir été jeune en son temps. Ce sourire désarma les danseurs, qui cessèrent de l'entourer de leur cercle magique et s'enfoncèrent dans une ruelle latérale en beuglant un refrain à la mode.

M. Colin-Tampon sut gré à cette aimable jeunesse d'avoir reconnu qu'il n'était point un imposteur et d'avoir rendu justice à la droiture de ses intentions. Seulement il se creusait vainement la tête pour savoir ce que son lièvre avait de particulier, et à quels signes on pouvait deviner que ce n'était point un lièvre de parade et d'ostentation.

Enfin il arriva au coin de la rue des Lilas, en vue de sa coquette villa, où il savait qu'on l'attendait avec impatience. Il fit un bout de toilette, cambra les reins, tendit les jarrets et s'avança au pas accéléré.

Quand la grille de fer grinça sur ses gonds, Mme Colin-Tampon apparut sur la terrasse, suivie de sa fidèle Jeannette. Mme Colin-Tampon descendit les marches du perron en agitant son mouchoir.

L'inventeur du bouton inamovible leva de toute la longueur de son bras son chapeau à dôme arrondi, dont les plumes frémissaient gentiment au souffle de la brise.

Il était si beau, si animé, si triomphant, que Mme Colin-Tampon ne lui demanda même pas s'il avait fait bonne chasse : elle était trop sûre de lui !

XVII

« Pauvre ami ! s'écria Mme Colin-Tampon, voyez donc, il est tout en nage ; » et, avec le blanc mouchoir qui lui avait servi à faire des signaux de bienvenue, elle épongeait doucement la sueur qui perlait sur le front et sur le crâne de son époux.

« Qu'on est donc bien chez soi ! » s'écria l'inventeur du bouton inamovible, en se laissant aller voluptueusement dans un grand fauteuil de jardin. Ses reins endoloris s'appuyaient avec délices contre le dossier, et il écartait les jambes comme un homme qui se met tout à fait à son aise.

« Je boirais bien quelque chose ! » reprit-il en clignant l'œil droit.

Mme Colin-Tampon lui laissa entre les mains le tissu de batiste pour qu'il pût se tamponner la tête en attendant son retour, et, plus prompte que l'éclair, disparut dans l'intérieur de la maison.

Elle reparut bientôt, tenant d'une main un verre bien large et bien profond, et de l'autre une bouteille dont les flancs, caressés par le soleil, avaient des reflets aussi riches que la pourpre d'un vitrail de cathédrale.

Après avoir accroché le fusil de Monsieur en lieu sûr, après avoir déposé sous le nez d'Azor une pâtée appétissante, Jeannette, qui songeait à son dîner, s'en alla du côté de la carnassière de monsieur.

« Madame ! s'écria-t-elle en tirant le homard, madame, voyez donc ce que Monsieur a tué ! »

Madame poussa une exclamation de surprise, et Monsieur, entre deux gorgées de bordeaux, tourna négligemment la tête.

Quand il aperçut le homard, il eut un accès de fou rire qui faillit l'étrangler. Sa femme lui ayant donné quelques tapes dans le dos, il reprit ses sens. Sa première parole fut celle-ci : « Eh bien, c'est complet ! Voilà donc pourquoi l'infanterie tombait en extase ! pourquoi la cavalerie me faisait le salut militaire ! pourquoi les joyeux canotiers dansaient une ronde autour de moi ! Complet ! complet ! »

Alors il raconta ses aventures, sans rien omettre et sans rien ajouter, ce qui prouve bien qu'il n'était qu'un chasseur pour rire.

Oh ! le brave homme, qui ne craignit pas de parler de la peau de lièvre, du merle à chapeau, des gendarmes et de Mme Grosmajor. Sa femme trembla de la tête aux pieds, quand il lui raconta la terrible aventure de l'ours. Mais il la rassura, en lui disant qu'il avait eu affaire à un ours très civilisé.

« Avec tout cela, dit Jeannette d'un air pensif, je ne puis pourtant pas mettre cette bête-là à la broche !

— Reportez-la chez Mme Grosmajor, lui dit sa maîtresse, et prenez un lièvre à la place.

— Ma chère, reprit M. Colin-Tampon, les aventures m'ont terriblement creusé l'estomac. Le homard n'est pas de trop ; qu'on y ajoute un lièvre.

Festin complet ; on n'échappe pas tous les jours à la dent et à la griffe d'un ours.

Qu'on est donc bien chez soi ! »

FIN